LÉ
PRÉCURSEUR

DU

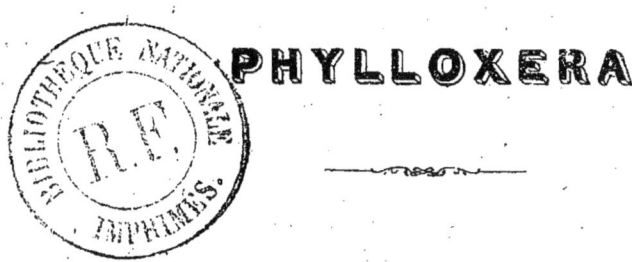

PHYLLOXERA

Par Mme Amélia de BOMPAR

BORDEAUX
CHEZ L. CODERC, LIBRAIRE
Rue du Pas-Saint-Georges, 28.
1876

AVIS AU LECTEUR

Pour me faire comprendre de vous, mon cher Lecteur, j'ai fait un Apologue. Souvent, dans l'antiquité, cette manière de parler a réussi à ouvrir les yeux des peuples.

On a souvent besoin de plus petit que soi. En vous montrant la vérité dans cette brochure, mon cher Lecteur, c'est la plus petite qui parle au plus grand, et voudrait le sauver de la ruine, ou plutôt c'est à la France elle-même que je parle pour la sauver d'une calamité qui peut être la destruction de ses vignobles, une des belles partie de ses richesses.

Mes chers Lecteurs et chères Lectrices, je réclame votre indulgence pour être sortie, quoique grand'mère, des douceurs de la vie privée.

J'espère que vous apprécierez le haut sentiment qui m'anime.

Votre servante très-humble,

AMÉLIA DE BOMPAR.

LE HANNETON ET LE PHYLLOXERA

A P O L O G U E

Le Hanneton, dit au Phylloxéra :
Longtemps encor ton règne durera.
Pendant que l'on cherche à te détruire,
Que sur tes œufs, on veut tant s'instruire,
Je vis dans la tranquillité,
Coupant, rongeant en liberté ;
C'est à moi que tu dois la vie
Et les honneurs que l'on t'envie :
Eût-on jamais plus grand succès ?
Dans la belle Gironde,
On accourt à la ronde,
Pour te tuer, dans un Congrès !
Contre toi, l'on fait une enquête
Où l'on a mis à prix... ta tête !
Au Congrès, j'étais dans un coin,
        Pas trop loin.
Caché, j'écoutais avec soin.
Je vis ces cartes mémorables
Où mes nids sont marqués en noir ;
C'est toi qui fais ces coups pendables :
Dit le chimiste au désespoir.
On t'a mis deux cornes énormes,
Dont j'admirais les belles formes,
De grandes ailes, pour voler,
Deux longues pattes pour marcher ;
Je riais de voir ta figure,
Et ta double progéniture.
On te donnait mille vertus ;
Pour toi, vrai, j'en étais confus ;
On te prépare une couronne
Pour les œufs d'hiver et d'automne,
Tu pondras aux quatre saisons
Ou en fera des cargaisons.

Te voilà donc une merveille,
Dont chaque savant, s'émerveille.
On te suppose américain,
Confrère, donne moi-la main,
Je crois bien que pour cette cause
On fera ton apothéose !!!
Moi, je tiens au sous-sol français,
Dont je suis un coléoptère,
Scarabeide, pour te plaire
Et profitant de tes succès.
Puisqu'ainsi sur toi l'on s'abuse,
Il nous faut agir avec ruse,
Donner le change et me cacher
C'est le moyen de te sauver.
Vois, l'effet : ma famille engraisse,
Mes ennemis sont en détresse,
La taupe, qui me dévorait,
Est mise à mort pour ce forfait,
J'accomplis mes métamorphoses,
Pour renaître aux premières roses,
Je viens à l'heure des amours,
Sourire au printemps, aux beaux jours ;
Puis je deviens mère féconde,
Et ponds sous la terre profonde,
Mes œufs y restent chaudement,
Pour éclore au meilleur moment ;
Mes larves, grandissent à l'aise,
Quoique ne rongeant pas la fraise,
La vigne n'a pas sa saveur,
Mais elle cache le rongeur,
Au cep, il peut s'introduire
Vivre de moelle, sans bruire
On dit : c'est le phylloxera
C'est ce pendard qui fait celà
Et pour mieux trouver le remède,
Chaque docteur, contre toi plaide.
Qui peut compter tes destructeurs ?
L'un veut ébouillanter la vigne,

Mais le viticulteur s'indigne
Contre ces nouveaux inventeurs.
A la chaudière
Il crie : Arrière.
Pour montrer l'effet merveilleux
D'un sulfate prodigieux.
On inonde
La Gironde
D'une quantité d'eau de sel.
L'inventeur est un immortel !
Ami, versons de tristes larmes ;
Au souvenir de mes alarmes,
J'ai vu de ce breuvage-là
Mourir un beau Phylloxera !
De cette mort, trois fois sinistre,
On a prévenu le Ministre.
Afin de mieux t'emprisonner,
Un autre voulait t'enchaîner ;
Te voilà comme Promothée,
Pauvre petite bête ailée !
D'autres,.. savants des plus nouveaux
Veulent que la vigne s'arrache,
Trouvant chaque crû de Bordeaux
Beaucoup trop vieux,... même... ganache.
Plus de châteaux.
Ailleurs... qu'en Amérique,
Dont on est fanatique !
Et nos vins les plus fins
Seront américains.
Oui, je boirai l'outrage,
De ronger ce cépage.
Il te faut l'étranger,
Français, changeant, léger !
Pourtant un seul point me chagrine :
Quand je ronge trop la racine,
Je vois que la feuille s'incline.
C'est alors que l'agriculteur
Reconnaît le ver destructeur.

Ton précurseur !
Le grand propriétaire
Ignore ce mystère ;
Le paysan sournois,
En rit en tapinois ;
Il rit de la chimie,
Qui sème.... l'utopie...
Lafontaine l'a dit,
Dit et cent fois redit :
« Chacun son savoir faire,
« Aux vaches,.. la vachère ! »
Rions, les savants
Sont tous sur les dents,
  Ma famille
  Fourmille
Je ne crains rien,
Tout va fort bien.
— Pour moi, j'ai mille craintes,
    Cher Hanneton,
    Change de ton.
N'entends-tu pas ces plaintes,
  Des hommes anxieux,
  D'un avenir affreux ?
Contre moi, l'on fulmine,
Si quelqu'un te devine
Un hasard malheureux
Peut m'être dangereux.
Le grand jour pourra naître
Et l'erreur disparaître.
  Quel sera donc mon sort ?
Toi, tu le prends à l'aise,
On plantera la fraise,
Que tu pourras manger,
Blesser, couper, ronger ;
Tu choisis cette plante,
Son goût friand te tente.
  Moi, moi,... je serai mort !
La vigne malade est mon gîte,
Je suis son petit parasite ;

Sous un superbe nom nouveau,
Je te couvre de mon manteau ;
Tâchons, je t'en conjure,
Que longtemps cela dure.
Mon si petit Phylloxera.
Tu veux bien que je rie... Ah! ha!
Entends-tu, ce peuple frivole,
Chanter : Hanneton, vole, vole?
Les hommes sont de vieux enfants,
Les paysans sont les savants,
Les savants bècheront la terre ;
Chacun voudrait quitter sa sphère ;
La terre tourne,... et laisse faire.

LE
PRÉCURSEUR
DU PHYLLOXERA

Je prends pour texte une partie du discours de M. Issartier, président au Congrès inter-départemental de la Gironde :

« Et maintenant, Messieurs, c'est à vous de nous
» dire si le Phylloxera est la cause et la cause unique
» de la mortalité de nos vignes?

LE PHYLLOXERA — SON ORIGINE

Qu'elle est l'origine du Phylloxera?

Un propriétaire s'aperçut que sa vigne dépérissait d'une façon étrange, elle dépérissait çà et là, rien de régulier dans sa marche; au bout de trois ou quatre ans, la vigne atteinte était morte !

Quelle est cette maladie inconnue?

La vigne commence par flétrir, les feuilles jaunissent et tombent; aux fortes chaleurs le raisin paraît à nu, grillé par le soleil avant la récolte.

La seconde année le sarment pousse moins gros, moins long ; les feuilles ont diminué de largeur, le dépérissement est plus visible.

La troisième année, le mal a grandi dans des pro-portions effrayantes, le sarment est extrêmement petit, la feuille n'arrive pas au quart de sa largeur, elle est visiblement étiolée sur les branches, on aperçoit quelques grapillons, les grains de ces grapillons sont de la grosseur de petits grains de plomb, la récolte est nulle.

La quatrième année, la vigne est morte.

Alors, un propriétaire gravement ravagé ayant fait arracher un cep, voyant les racines endommagées, conclut que le mal partait de la racine il en prit quelques-unes, et les porta à un de nos chimistes le plus en renom.

C'était peut-être la première fois qu'un chimiste, depuis six mille ans que le monde existe, regardait au microscope les racines d'une vigne ; aussi quel fut son étonnement en découvrant une myriade d'insectes, sur ces racines ; ces insectes, sans nul doute, étaient la cause de la mort de la vigne ; telle fut la pensée du chimiste qui, n'ayant jamais cultivé la vigne, prit l'effet pour la cause.

Quel était cet insecte? C'était ce qu'il fallait chercher ; il fallait lui trouver un nom, une histoire.

Cet insecte n'avait pas d'antécédents dans les annales de l'agriculture française, il lui fallait une origine.

Où recourir?

C'était le Nouveau-Monde qui devait donner le nouveau nom !

De là, l'erreur des vignes américaines.

M. Bouchereau, conseiller de préfecture, propriétaire du château de Carbonieux, et agronome distingué, avait planté des vignes américaines en 1835. Il avait une collection de toutes les vignes existantes qu'il avait fait venir à grands frais. Ou n'allait pas à Carbonieux sans admirer cette plantation, peut-être unique dans le département.

Au moment des vendanges, on goûtait un certain cépage américain dont la grappe était rosée et la graine avait goût d'ananas.

En 1843, M. Bouchereau nous donna de ces cépages, qui furent plantés à notre château de Bouliac. Ces vignes existent encore, ses raisins ajoutaient seulement au luxe de table.

Si c'étaient ces vignes américaines qui donnaient la maladie qu'on appelle le Phylloxera, et que j'appelle pour être comprise le Précurseur du Phylloxera, il est certain que, dès 1843, le château de Bouliac en aurait été infesté ainsi que la commune, et qu'en 1835, le château de Carbonieux aurait eu ses vignes détruites par le Phylloxera, qui se serait communiqué aux châteaux environnants et aurait produit les mêmes effets qu'on lui attribue.

Voilà donc une preuve positive à opposer à la

croyance erronée du Phylloxera importé en France en 1868.

TRANSPORT DES VIGNES PHYLLOXÉRÉES

En 1872, j'ai transporté des vignes Phylloxérées, du canton de Branne et de la commune de Grésillac, sur ma propriété de Lafitte-Grand'-Orne, à Gradignan; je les ai transportées vingt fois peut-être de Bordeaux à Gradignan, en passant naturellement sur diverses communes intermédiaires, parce que je connaissais déjà l'erreur du Phylloxera; j'étais bien sûre de ne pas le communiquer dans ces communes qui n'en seront jamais atteintes.

POURQUOI?

Parce que le Phylloxera n'est point la cause de la maladie de la vigne, il peut en être l'effet, c'est possible : mais, je le répète, il n'en est point la véritable cause.

QUELLE EN EST LA CAUSE?

Pour la connaître, il faut commencer par savoir la véritable et la meilleure manière de cultiver la vigne, les soins minutieux qu'elle demande et la culture la plus propice à la préserver des insectes nuisibles qui dévastent les plantes ligneuses et les plantes herbacées.

Il en existe plusieurs, je dirai un nombre infini, mais je ne veux parler ici, que du plus nuisible, de celui que l'agriculteur ne peut ignorer s'il est agriculteur pratique.

C'est le ver blanc larve du hanneton que les ento-
mologistes classent parmi les coléoptères lamellicornes
et que l'agriculteur définit : un fléau !

Peu d'insectes causent des torts aussi considérables
et aussi universels. Il y a lieu d'être surpris que des
mesures énergiques n'aient pas été prises depuis longtemps pour arrêter les progrès d'un ennemi aussi redoutable ; un mois après la ponte, les larves éclosent
et commencent leurs ravages, en attaquant les racina-
ges de la plupart des végétaux cultivés. Les pattes,
au nombre de six, sont plus dures que celles des
autres scaraébides ; elles sont moins propres à la
marche qu'à s'accrocher aux racines dont elles font
leur nourriture, il est des années où ces larves font le
désespoir des agriculteurs par les pertes énormes
qu'elles causent. On a vu des récoltes entières dévas-
tées, des prairies considérables jaunir et flétrir sans
produit.

Ces larves voraces, dit M. Duponchel, ne bornent
pas leurs dégâts aux plantes herbacées ; à mesure
qu'elles croissent en âge, elles attaquent les végétaux
ligneux. Dès que les racines d'un jeune arbre ont été
rongées, on voit pendre, desséchées, les pousses nou-
velles qui leur correspondent ; tout le monde sait, sans
doute, que chaque racine correspond à une branche.

M. Deschiens, nous dit que 600 hectares de glan-
diers, dans l'espace de cinq ans, ont été semés trois
fois et dévorés par ces larves voraces.

En l'espace de sept années, il a vu trois-cent-vingt hectares de pins, de six à sept ans, dévorés par ces larves dévastatrices.

En 1857, les vers blancs ont détruit la moitié de la récolte de plusieurs cantons de la Normandie.

J'ai connu, dit M. Izabeau, des pépiniéristes entièrement ruinés par ces larves voraces.

D'après le rapport de M. Roustaing, un semis considérable de bois de chênes a été détruit en 1835 dans les dépendances de l'Institut forestier du royaume de Prusse, par ces larves voraces.

Mulsant nous dit : Ces vers résistent à des fléaux qui sembleraient devoir les anéantir. En 1734, après des inondations terribles qui ont dévasté les bords de la Saône ces vers rongeurs, n'en ont éprouvé aucune mauvaise influence.

M. Meyerink, avait remarqué que des terres et des prairies qui étaient restées quatre semaines sous l'eau n'avaient pas été délivrées de ces larves voraces.

M. Mulsant dans son histoire des coléoptères de France nous dit :

Les ravages occasionnés par les vers blancs sont quelquefois effrayants.

Les plantes atteintes de leurs blessures sont faciles à connaître, d'abord, à un air maladif.

Les feuilles commencent à se pencher, à se flétrir.

Elles ont une couleur plus pâle, le vert de la feuille

n'a pas ce luisant qui indique la vigueur et lorsqu'on examine de près, la plante a l'air de vaciller.

Lorsque les racines sont rongées, blessées par le ver blanc, le jeune arbre ne peut être aussi solide; en l'arrachant, toutes les racines atteintes, se brisent et se coupent.

Les racines d'une vigne, d'un arbre ou d'un arbuste étant rongées par le ver, on conçoit aisément que la sève ne monte plus aux branches que difficilement, elles poussent moins belles d'abord, et peu à peu l'arbre meurt : tous les agriculteurs savent parfaitement cela.

Chaque racine correspond à une branche, c'est un principe en agriculture; le ver rongeant une racine, la branche correspondante tombe et se dessèche.

MOYENS POUR ARRÊTER LE MAL

Dans un cataclysme aussi grave, il faut donc détruire l'insecte par un décret.

Il faut sauver tous les vignobles de la France par les moyens les plus prompts, les plus énergiques.

Tous les Maires des communes où sévit le fléau seraient chargés de donner une prime plus ou moins forte pour telle ou telle quantité de hannetons détruits.

Cette mesure est usitée dans le nord de la France, en Belgique et dans la Hollande, etc.

Elle est tellement nécessaire, que sans cette sage

précaution, les récoltes seraient souvent réduites de moitié par les larves voraces.

La loi du 26 ventôse an IV, qui fut faite après les grandes dévastations occasionnées par les chenilles, est un sage exemple qu'il faudrait suivre : il faut une mesure générale.

LES NIDS OU POINTS NOIRS

Chaque femelle de hanneton n'a qu'un devoir à remplir avant de terminer sa carrière si courte d'insecte parfait : c'est de pondre. Elle choisit sous terre un endroit propice à sa reproduction avec cet instinct admirable que Dieu donne à tout être créé. Elle pond douze à trente œufs; au bout d'un mois, ces œufs deviennent des larves qui détruisent toutes les plantes cultivées pendant une durée de trois ans, dont il faut ôter six mois que l'insecte met pour accomplir sa métamorphose et les mois d'hiver, où il reste inerte, au moment où le mal qu'il ferait serait incalculable; en cela, nous devons admirer les prévisions du Créateur qui, permettant le mal, sait y mettre un frein.

Disons-le, les points noirs marqués sur les cartes et mis sur le compte du Phylloxera ne sont que les nids des hannetons ou larves d'abord naissantes ne s'attaquant qu'aux petites racines et grandissant pendant trois ans, elles rongent, coupent, blessent les grosses racines; j'en ai fait la triste expérience. Aujourd'hui que je connais le mal, aussitôt que je vois des

branches desséchées à un arbre quelconque, je le fais
arracher ; je suis sûre de trouver une nichée de vers
blancs et de hannetons : on ôte les racines rongées, je
fais replanter l'arbre, si la saison le permet, ou même
si l'arbre n'est pas trop malade.

LES PAYSANS

Il est peu de grands propriétaires qui soient agriculteurs autrement qu'en théorie ; or, en agriculture,
la théorie est bien quelque chose, mais la pratique est
tout ! Voici un mot qui va faire crier bien des gens;
c'est pourtant la vérité :

Le praticien connaît les insectes malfaisants, destructeurs, qu'il tue en travaillant quand il les rencon-
tre, sans en savoir les noms techniques, de même
qu'il laisse vivre ceux qui ne font aucun mal.

J'en excepterai la taupe, et je vais en dire la raison :
c'est qu'en fauchant, il peut rencontrer une butte de
terre soufflée par la taupe, cette butte peut casser sa
faulx, qui vaut bien plus à ses yeux que votre million.

Cette faulx, il l'a gagnée à la sueur de son front;
elle l'aide à gagner le pain de sa famille.

Le paysan sait très-bien qu'on le dit ennemi du
progrès, arriéré, ne voulant jamais tenter rien de nouveau, c'est qu'en agriculture, il coûte cher d'essayer;
il ne peut pas risquer son pain; un essai malheureux,
c'est une longue année de perdue. Il faut vivre pendant cette longue année.

Chaque plante a sa saison marquée pour la mettre dans le sein de la terre, de cette mère qui ne donne la récompense des labeurs qu'à ceux qui savent les vrais moyens de la forcer de les récompenser de leurs travaux sages et continus. L'intempérie des saisons, la gelée, la grêle, les insectes, la sécheresse, des pluies trop abondantes et trop continues ; puis-je oublier les inondations qui viennent bien souvent compromettre ou détruire cette récolte qui doit lui donner le bien-être ou disons-le, sa nourriture le plus souvent. Comment cet homme-là, serait-il assez fou pour faire un essai de cette nature ?

Le paysan nous dira toujours : la récolte sera bonne, s'il n'y a pas de malheurs ; il espère, mais il n'est jamais sûr, l'expérience le lui a souvent prouvé. Le front baissé sur son rude et lent travail, il apprend les secrets de la terre, il n'est pas théoricien, mais praticien. Il n'est pas un paysan qui ne sache que le ver blanc devient un hanneton ; mais il faut lui arracher, pour ainsi dire, ce qu'il croit son secret ; il ne vous le divulguera que lorsqu'il est bien sûr que vous le savez aussi bien que lui ; alors, il vous dira que de chaque petite touffe d'herbes sèches qui est dans votre prairie il sortira à la fin de l'hiver une dizaine de hannetons, qui ont depuis trois ans coupé, rongé les racines de l'herbe. Que la pie retourne l'herbe pour manger le ver blanc dont elle est friande ; que c'est le ver blanc qui tue vos jeunes arbres, puis ronge vos pommes de terre, vos salades, vos choux, etc. etc, et surtout les fraisiers.

A force de le questionner, il finira par vous dire qu'il plante la vigne, qui réussira!, parce qu'il a pris les précautions nécessaires; que les fraisiers seront atta- qués par le ver, mais la vigne sera gaillarde et intacte le ver blanc ayant une préférence marquée pour les fraisiers, dont les coulants servent naturellement à remplacer, sans perte, les pieds rongés et coupés.

Les fraisiers plantés dans les rangs de la vigne ont encore le double avantage de compenser les dépenses occasionnées par l'absence de revenu de la vigne, pen- dant quatre ans, à peu près; après ce laps de temps, la vigne paie sa dépense.

Dans les terrains forts où le fraisier ne peut être une véritable récolte, on le plantera dans l'espace qui sépare les rangs; la ligne des vignes se faisant à la pioche, il sera par conséquent facile de le conserver.

Le fraisier a cela d'avantageux qu'il est si rustique qu'il vient partout; seulement, dans les terrains qui lui conviennent, la fraise a plus de saveur.

Je lis dans le *Bon Jardinier,* an XIII : « De bons jardiniers indiquent un moyen pratique pour préserver les plantes précieuses du ver blanc, c'est de lui offrir des plantes moins précieuses qui soient plus à son goût; le fraisier, par exemple, l'attire particulièrement. Ce moyen de préférence est employé. »

Dans le département du Lot, pour préserver les

tabacs, on introduit auprès du pied une moitié de pomme de terre; le ver blanc préférant la pomme de terre au tabac ronge ce tubercule et laisse le tabac.

Depuis près de trente ans, les agriculteurs veulent augmenter leurs revenus par la viticulture. Qui peut nier qu'on remplace les prairies par les vignobles, les terres à blé par les vignobles, des bois sont remplacés par des vignobles; ces prairies étaient souvent détruites par le ver blanc, ces récoltes de blé amoindries de moitié par le ver blanc, est-ce que les vers blancs ont disparu par la plantation de la vigne?

Évidemment non. Ce coléoptère d'Europe et de la terre de France en particulier, continue ses ravages sur la vigne et n'est pas parti du sol.

Dans les terrains de grave, ou les terrains sablonneux, les vers blancs pulluleront peut-être encore plus que dans les terrains plantés de fraisiers; à côté de la vigne, le fraisier seul est atteint.

J'ai fait cette constatation d'après une lettre de M. le Président des Agriculteurs de France; les Maires des communes m'ont donné ces constatations : les unes pour dire que le fraisier était la culture adoptée dans la vigne, que le prétendu Phylloxera n'était point apparu. Les autres, qu'on ne cultivait point le fraisier, et que le prétendu Phylloxera détruisait des contrées entières.

Je dois le dire, les Maires s'empressaient d'accéder à ma demande, dans la vive espérance que j'avais trouvé la vérité, et que je sauverai par ma découverte les beaux vignobles de France.

Jusqu'à présent l'erreur a prévalu!

Les agriculteurs ruinés ouvriront trop tard les yeux à la vérité.

J'ai lutté, persévéré, avec une constance peu commune, puisque moi, pauvre ignorante, je luttais contre une multitude de chimistes, de médecins, de vétérinaires. Je devais être écrasée par cette foule de gens intéressés à m'empêcher d'émettre une opinion si contraire à leur idée; je ne dis qu'une chose dans cette lutte qui a été acharnée, j'étais soutenue par la vérité.

VÉRITÉ

Mes recherches pratiques d'abord, théoriques ensuite, m'ont démontré clairement la vérité.

Le hanneton est l'insecte le plus nuisible de tous les coléoptères du sol de la France. Il faut chercher tous les moyens de le détruire!

M. le Président des Agriculteurs de France m'avait écrit une lettre pour me prévenir d'avoir les constatations des Maires, pour les communes malades n'ayant pas de fraisiers, et les communes où la vigne est gaillarde ayant des fraisiers : j'ai ces constatations qu'on me donne avec empressement, et un maire m'envoya cette communication, me disant que déjà en 1765 la vigne avait été malade.

LA BIBLE

Je lis dans la Bible : « Si vous n'écoutez pas la voix du Seigneur, votre Dieu, et que vous ne gardiez pas toutes ses ordonnances, ses malédictions fondront sur vous et vous accableront !

» Vous serez maudits dans la ville;

» Vous serez maudits dans les champs, et les fruits que vous mettrez en réserve dans votre grenier seront maudits;

» Vous planterez une vigne et vous la labourerez, mais vous n'en boirez pas le vin et n'en récolterez rien, parce qu'elle sera rongée par les vers. »

QUELLE VÉRITÉ !

Qui peut ignorer que le ver est partout et dans tout. Il est dans cette pomme admirable; regardez bien ce petit point noir, coupez la pomme, vous trouverez un ver.

Cassez cette petite noisette, vous y trouverez un ver presque aussi gros qu'elle.

Les premiers fruits qui sont mûrs tombent; ouvrez-les, vous y trouverez un ver.

L'herbe de la prairie est coupée par le ver;

L'épi de blé se penche et flétrit, c'est le ver qui a rongé ses racines;

Ce chêne séculaire, jadis si magnifique, apparaît

le front découronné, les branches tombent desséchées, sa moelle, ses racines, son cœur sont attaqués par le ver,

L'acacias, cet arbre dont l'essence est si dure, est creusé par le ver ;

Ce bois sec, dur, sain, que vous réservez pour vos constructions, tombera en poussière rongé par le ver.

Cette fourrure qui fait l'ornement de votre toilette, vous l'arrachez chaque année aux vers. Le travail le plus précieux de la main des hommes : la soie, la laine, la toile, le coton, le drap, les tableaux les plus magnifiques, les plus sublimes ; ces livres, œuvres du génie de l'homme, seront rongés par les vers, comme les choux, les salades, les pommes de terre de votre jardin, vos arbres fruitiers, etc.

Aveugles ! aveugles ! et vous croyez que votre vigne seule échappera à cette loi commune ?

Entendez donc cette parole de la Bible ;

« Vous planterez la vigne et vous la labourerez, mais vous n'en boirez pas le vin, vous n'en récolterez rien, parce qu'elle sera rongée par le ver. »

Cette terrible prédiction est réalisée de nos jours : la vigne meurt, elle est jeune, vigoureuse, elle meurt !

Trois ans suffisent pour la voir flétrir, jaunir, voir la sève arrêtée, les sarments rachitiques, les feuilles étiolées ; puis, elle meurt ; ses racines, sa moelle sont rongées par le ver qui produit le même effet aux ceps qu'aux arbres ; l'écorce éclate, se détache et tombe en écailles.

LES PUCERONS, LES PARASITES

Je vois les boutons des roses si délicats, couverts de un millier de pucerons; les roses fleuriront, l'arbuste vivra et restera intact. Il faudrait après cela donner trop d'exemples; ces insectes hémiptères vivent sur presque toutes les plantes et ne les tuent pas.

Quant aux parasites, l'homme a le sien, le cheval a le sien, le mouton a le sien, le chêne a le sien, la vigne a le sien, presque tout ce qui vit dans la nature a le sien.

Ce genre d'insectes aptères vit ou végète sur un autre, les insectes les plus petits ont leur parasite.

Voici les seules épreuves que je demande :

On prendra telle quantité de pieds de vigne qu'on voudra, douze cents, je suppose, bien entendu des vignes parfaitement saines. On les entourera d'un fossé d'un mètre de profondeur, la largeur du fossé est insignifiante. Je mettrai dans cette vigne saine trois vers blancs par pied. D'autre part, on prendra une égale quantité de vignes saines, dans les mêmes conditions; seulement, on y mettra la quantité de Phylloxera qu'on voudra; je permets de compter par milliards. Au bout de trois mois au plus, on jugera de quel côté est la vérité.

Je demande encore une autre épreuve : Je serai seule dans une pièce, ayant des témoins cachés; on fera venir devant moi un par un des vignerons, travailleurs et travailleuses de terre ; je leur présenterai une vigne malade ; je leur demanderai : Qu'est-ce qui a tué cette vigne ? On entendra la réponse. Tous diront la même chose. J'ai fait cette épreuve sur plus de deux cents paysans. Ce sont pourtant des hommes et des femmes du métier. Je ne leur dis pas : Est-ce le ver blanc ou la cayrote, ce qui signifie la même chose, qui a tué cette vigne ? Non, certainement pas, je n'aurais rien appris. Je leur dis :

De quoi cette vigne est-elle morte ? Savez-vous ? Alors, si j'avais raison, comme je le crois, la loi du 26 ventôse an IV est le grand exemple à prendre pour faire un décret pour toute la France.

Voilà ce que j'attends de la conscience et de la loyauté de Son Excellence M. le Ministre de l'Agriculture. Cette épreuve sera décisive.

CONSIDÉRATIONS DIVERSES

Au congrès inter-départemental du 2 décembre 1875, je portais tous les jours une certaine quantité de vers blancs, que je montrais, en disant que c'était là le véritable précurseur du Phylloxera. En m'exprimant ainsi, je me faisais mieux comprendre de tous ces propriétaires, la plupart désolés ; j'avais toute la science contre moi. Malgré cela, j'ai persévéré, parce que j'étais la véritable voix du praticien, la déléguée du travailleur, de celui qui tue, tous les jours, ces destructeurs, pour disputer leurs récoltes. Mais si dans Pessac et toutes les communes circonvoisines on ne cultivait pas les fraises en grande culture avec la quantité de vers blancs qui grouillent dans le sol, nous n'aurions pas un arbre fruitier, pas un pied de vigne intact.

J'ai mis dans une caisse vitrée une vigne malade, que beaucoup ont vue; j'y ai mis une certaine quantité de vers blancs; cette vigne était morte depuis deux ans; les vers blancs s'y sont introduits, d'autres sont restés sur les racines ou à côté et ont opéré leurs métamorphoses; beaucoup l'ont vu chez mon locataire, à Saint-Projet. On me dit : le ver blanc n'est rien de nouveau.

Je n'ai point la vanité de vouloir inventer; j'ai la satisfaction d'avoir essayé la découverte de la vérité, d'avoir cherché, d'avoir travaillé; après le sentiment pénible que j'avais éprouvé lors de l'arrachement d'une vigne malade et la vue de ces plantations ravagées.

Lorsque les forêts de pins sont ravagées par le ver blanc, il n'y a qu'un seul moyen d'arrêter sa marche : c'est de faire un fossé de 80 centimètres de profondeur, en examinant avec soin que pas une seule racine ne communique aux racines saines. Le ver ne descend pas au-dessous de 80 centimètres; quelques-uns ont fait le fossé de 1 mètre : c'est le seul moyen pratique de préserver la forêt. En agriculture, il fau les moyens simples, naturels, peu dispendieux : il faut mesurer le prix de revient à la récolte qui, bien souvent, fait défaut.

LE GRIBOURI

Dictionnaire domestique portatif par une Société de gens de lettre. A Paris, chez Vincent, imprimeur-libraire, rue Saint-Severin. — Imprimé en 1765.

EXTRAIT DU TOME SECOND
(Page 369.)

» Eumalpe de la vigne, vulgairement occavain ou gribouri; scacalié de la figure d'un petit hanneton, mais beaucoup plus petit, qui passe l'hiver en terre, attaché aux pieds des ceps surtout des jeunes vignes dont il ronge les racines les plus tendres, et les fait souvent périr. Il sort de terre en mai et se jette sur le feuillage ; il s'en nourrit et pique les boutons à fruits et les jeunes jets, ce qui fait souvent mourir le jeune bois. On donne utilement le change au Gribouri. »

En 1765, la maladie de la vigne était la même qu'aujourd'hui , car, comment prouver d'une façon logique que ces aptères, appelés Phylloxera, auraient un dard assez long pour piquer ou rongerl es racines aussi grosses que celles de la vigne du Libournais, de tout l'Entre-Deux-Mers, où les vignes sont presque des arbres. Et comment le Phylloxera pourrait-il

quitter une vigne pour traverser une terre aussi dure
que celle des contrées attaquées, pour aller sur d'autres racines, chose, moralement et scientifiquement et
surtout logiquement impossible.

LA PYRALE

La Pyrale de la vigne est un insecte redoutable
pour les vignobles. Ce lépidoptère, à l'état parfait, est
un papillon, le mâle est toujours un peu plus petit que
le papillon femelle. La femelle pond des œufs, au nombre de deux cents, cette ponte a lieu de juin à juillet.
Les chenilles éclosent avant la fin d'août.

Le phénomène le plus remarquable que présente
le mode d'existence de ces chenilles, c'est, sans contre-
dit, la faculté que leur a donné la nature de vivre
plus de neuf mois sans manger.

La Pyrale est plus facile à atteindre sous la forme du
papillon, mais sa ponte est faite pour l'année présente
et souvent pour l'année suivante, à cause de l'innom-
brable postérité qu'elle a préparée.

Le moyen le meilleur qu'on ait trouvé pour sa destruction est le lavage des échalas à l'eau de savon, avec
une forte brosse.

Qu'est-ce que tout cela en comparaison du ver blanc
dont les œufs renfermés dans de profondes cellules
échappent à nos investigations. On ne s'aperçoit de sa
présence quelorsque les plantes sont presque rongées

et pour ainsi dire mortes, on ne peut le détruire qu'à l'état d'insecte parfait. En présence de tels ravages, une excommunication fut lancée, en 1489, contre le hanneton, par le Tribunal de Lauzanne, en Suisse.

———

Je reçois d'un savant ce billet au moment de mettre sous-presse. Je lis dans un ouvrage imprimé à Bordeaux, en 1876 :

« En parlant de la larve du hanneton : il n'est pas étonnant d'entendre dire que, dans certaines localités. les cultivateurs vont jusqu'à acheter des taupes, pour les mettre dans leurs vignes, pour les opposer aux larves de hanneton, qui *fatiguent ces arbustes,* etc. »

PIÈCES ET PREUVES

*Lettre de M. le Ministre de l'Agriculture et du Commerce
à Madame Amélia Bompar.*

Paris, 19 Décembre 1874.

MADAME,

Vous me faites connaître que vous avez trouvé le moyen
de préserver les vignes du Phylloxera.

J'ai l'honneur de vous informer que pour concourir au
prix de 300,000 fr. voté par l'Assemblée Nationale, vous
devez m'envoyer une notice détaillée de votre invention :
mais je dois vous prévenir, dès à présent, que seront seules
admises au Concours les personnes pouvant fournir, à l'appui de leur découverte, des certificats attestant que le
moyen proposé par elles a déjà été soumis aux épreuves de
l'expérience publique et établissant la présomption, d'après
les faits déjà recueillis, qu'il peut être efficace et écono-
miquement applicable à la généralité des terrains.

Dès que ces différents documents me seront parvenus, je
les soumettrai, en exécution de la loi du 22 Juillet dernier,
laquelle appréciera, d'après l'examen des pièces présentées
et même après enquête préalable, s'il y a opportunité à ex-
périmenter votre procédé.

Recevez, Madame, l'assurance de ma considération.

LE MINISTRE DE L'AGRICULTURE

ET DU COMMERCE.

Paris, 24 Avril 1876.

Madame,

La Section de Viticulture de la *Société des Agriculteurs de France* a l'honneur de vous accuser réception de votre lettre, en date du 8 courant.

Elle vous rappelle qu'elle ne peut donner suite aux communications qui lui sont faites au sujet des divers procédés de guérison ou de préservation de la nouvelle maladie de la vigne, qu'à la condition suivante : c'est que les procédés en question aient été expérimentés et qu'un procès-verbal dressé par les autorités compétentes (Comices agricoles ou officiers municipaux), soit transmis à l'appui.

Veuillez agréer, Madame, l'assurance de mes respectueux hommages.

Pour le Président de la Section de Viticulture :

L'Administrateur,

Henri JOHANET.

Paris, 8 Mai 1875.

Madame,

J'ai reçu les lettres et la caisse que vous m'avez fait l'honneur de m'adresser, et je m'empresse de vous en remercier.

La Commission de Viticulture examinera les fraisiers, le sarment et les diverses plantes que nous avons reçus, mais je ne puis vous dissimuler que cette Commission, une première fois, a été d'avis que la culture en grand du fraisier lui paraissait impraticable à cause des arrosages qu'elle exige.

La *Société des Agriculteurs de France* a résolu, d'ailleurs, de renvoyer à la Commission spéciale siégeant à Montpellier, tous les documents concernant le Phylloxera et les moyens de le détruire. Je dois, à l'avenir, me conformer à cette résolution.

Pour éviter des circuits inutiles, vous voudrez bien, Madame, adresser directement à M. Gaston Bazille (Grande-Rue, à Montpellier), les communications que vous pourriez avoir à me faire. M. Bazille, Vice-Président de notre Section de Viticulture, est prévenu, et se charge de faire valoir les procédés devant la Commission qui, en fin de compte, décidera souverainement.

Veuillez, agréer, Madame, l'expression de mes respectuenx hommages.

Le Président,

DROUYN DE LHUYS,

Pour se faire une idée de la culture du fraisier sans arrosage, dans les terres les plus caillouteuses et les plus brûlantes, on n'a qu'à se transporter à Pessac, à Talence, à Gradignan, à Léognan, à Blanquefort, etc., etc. On pourrait admirer ces immenses guirlandes de fraisiers, tous blancs de fleurs, en ce moment, 15 Mai, dans les longues règes des vignes. Il est évident que cette culture en grand ne s'arrose pas plus que la vigne. La Commission de Viticulture du moment ne s'était pas rendu compte de la véritable culture du fraisier dans la vigne.

J'ai écrit à M. Gaston Bazille qui m'a répondu :

« Je vous en prie, Madame, ne m'envoyez pas de » vers blancs, je ne les connais que trop, j'ai eu de » jeunes plantations rongées par eux; mais, je vous » certifie que c'est le Phylloxera qui tue la vigne. »

A ma première lettre, M. Gaston Bazille avait cru à une plaisanterie tellement il croyait au Phylloxera.

Versailles, 14 Juillet 1873.

MADAME,

M. le Président de l'Assemblée Nationale a reçu avec votre lettre du 12 de ce mois, la boîte et les certificats que vous avez cru devoir lui adresser.

M. le Président a renvoyé de suite la lettre et les documents à la Commission du Phylloxera, seule compétente, pour apprécier et juger votre intéressante communication.

Recevez, Madame, l'assurance de ma considération très-distinguée.

Le Chef du Cabinet du Président,
Louis FAURE.

Château XXX, à Grésillac (canton de Branne), 15 Février 1873

MADAME,

J'ai l'honneur de répondre à votre lettre d'avant-hier qui vient de m'être remise. La culture des fraises est complétement inconnue dans nos vignobles du canton de Branne, où le Phylloxera a déjà fait d'affreux ravages. En lisant votre intéressante communication, je m'étais promis d'en essayer à Grésillac, où j'ai des propriétés assez considérables. Votre lettre ne fait que confirmer cette résolution, et je serais bienheureux si j'avais à vous annoncer un bon résultat. Je prends grande part, Madame, à la haute pensée qui vous anime. Dieu veuille vous donner le succès; vous aurez rendu un service immense à la France entière, et la Gironde sera justement orgueilleuse de vous le devoir.

J'ai l'honneur d'etre, Madame, avec un profond respect, votre humble serviteur.

Marquis XXX.

Bordeaux, le 2 Avril 1876.

Lettre d'un des présidents du Congrès inter-départe-mental du 2 Décembre 1875.

MADAME

Je vous serais reconnaissant de vouloir bien m'adresser au plus tôt, sous forme d'extrait, ce que vous avez dit au Congrès du Phylloxera, dans la journée du 4 décembre. Le compte-rendu analytique étant sous presse, — cet extrait est destiné à être imprimé. — Il doit nécessairement re-produire ce que vous avez dit dans cette séance *sans chan-gements dans le fonds.* — Remplacer ainsi un compte-rendu sténographique qui malheureusement fait défaut, donc, dans le cas où vous auriez modifié vos idées, veuil-lez n'en pas tenir compte et me donner un extrait *court* mais précis ayant seulement trait au *traitement* que vous proposez, — laissant en dehors les théories. —

Veuillez agréer, chère Madame, l'assurance de mes sen-timents respectueux.

Docteur AZAN.

MAIRIE DE TALENCE

Le Maire de Talence, Chevalier de la Légion-d'Honneur,

Certifie que le Phylloxera n'a point fait, jusqu'à présent, son apparition dans la commune.

Il atteste, en outre, que la culture du fraisier existe gé-néralement sur les propriétés de Talence, bien qu'elle y prenne cependant des proportions moindres que dans les communes environnantes, telles que Pessac, Gradignan, etc.

Talence, le 3 Mai 1875.

C. DE VILLE-SUZANNE.

La présente attestation a été délivrée à Mme Bompar, sur sa demande.

Nous soussignés déclarons avoir pris les vers blancs dans les vignes arrachées, et autour, un au pied.

Daniel MIGUEL, Vigneron.

Daniel THIBAUD, Vigneron.

Sept ou huit Vignerons ne sachant pas écrire ont fait une croix.

Grézillac, le 3 *Juin* 1875.

Nous Maire, certifions que dans notre commune et les communes environnantes, nos vignes sont très-malades et presque mortes de cette maladie qu'on appelle Phylloxera et que jusqu'ici on n'a pas pu trouver le remède pour les guérir, et que nous ne possédons que très-peu de fraisiers dans les jardins et pas du tout dans les vignes. En foi de quoi.

Le Maire,

BIÈRE.

Le Maire de Saint-Léon soussigné, certifie à qui de droit que les vignes de sa commune sont malades, et que les fraisiers ne sont pas cultivés dans les dites vignes.

A Léon, le 12 Juin, 1875.

Le Maire,

J. CHIPOUTET.

Le Maire de la Teste soussigné, certifie que le ver blanc est un insecte très-nuisible à l'agriculture, qu'il coupe les racines des plantes et détruit complètement, en très-peu de jours, toutes celles où il se jette et particulièrement les fraisiers.

La présente déclaration a été délivrée à Madame Bompar sur sa demande.

A La Teste, le 14 Mai 1875.

Le Maire,
BISSERIÉ.

————

Je déclare avoir eu des arbres qui dépérissaient ; ne sachant à quoi attribuer le résultat de cette dépérission, comme je tenais beaucoup à ces abres, je voulus me rendre compte du sujet ; je pris une bêche pour enlever la terre de dessus les racines, j'aperçus une quantité de gros vers blancs et de hannetons blancs aussi qui rongeaient la racine, je détruisis tous ces vers ainsi que les hannetons, je pris ensuite une certaine quantité de cendre de foyer pour en couvrir les racines afin d'empêcher ce ver de pénétrer à la racine de l'arbre. Ainsi l'arbre, quelque temps après, reprit sa vigueur habituelle. C'est tout ce que je peux attester de cet insecte *(Sic)*.

MALHOMME.

La Teste le 14 mai, 1875.

Le Maire de Guillac, canton de Brannes, arrondissement de Libourne (Gironde), certifie, que le Phylloxera ravage les vignes de cette commune qui arrivent d'une manière rapide à leur perte totale.

Il atteste, en outre, que la culture du fraisier n'est pas pratiquée sur les propriétés de Guillac.

Guillac, le 3 *Juin* 1875.

Le Maire,
COIFFARD.

————

Bordeaux, Typ. L. CODERC.

www.ingramcontent.com/pod-product-compliance
Lightning Source LLC
Chambersburg PA
CBHW060844180626
46818CB00004B/1582